Brigitte Lesigne

L'abécédaire coquin… d'Anaïs à Chloé.

Tome 1

© 2015, Lesigne Brigitte

Edition : BoD - Books on Demand, 12/14 rond-point des Champs Elysées, 75008 Paris
Impression : BoD - Books on Demand GmbH, Norderstedt, Allemagne
ISBN : 9782322014651
Dépôt légal : Février 2015

L'abécédaire coquin….

A comme… Anaïs

L'abécédaire coquin….

L'abécédaire coquin....

La climatisation peinait à rafraîchir l'air des bureaux surchauffés de la petite agence de voyages « Terre et Mers », installée depuis peu dans une des ruelles du quartier St Pierre à Metz.

Le baromètre de la pharmacie proche de la cathédrale frôlait les 37 degrés. Les clients se faisaient rares en ce mois d'août.

Soit ils étaient tous déjà partis en congés, soit ils squattaient les terrasses des cafés, des glaciers, les abords des plans d'eau, des piscines...

Bref, ils étaient ici et là, mais surtout ailleurs, boudant l'agence à la vitrine pourtant attractive, au décor paradisiaque, enchanteur, estival, sur lequel Anaïs avait œuvré de nombreuses heures en soirée au début du mois de mai, peu avant l'inauguration.

Les affaires avaient bien fonctionné, le début de saison s'était avéré satisfaisant, jusqu'à ce début de canicule l'agence ne désemplissait pas. À présent, les journées lui semblaient un peu longues. Cathy, l'amie et associée d'Anaïs en avait donc profité pour prendre quelques jours de repos avec sa petite famille. Pour Anaïs rien ne pressait, célibataire, sans enfant, elle pouvait attendre septembre afin de s'accorder enfin une petite semaine de détente.

Pour l'heure, Anaïs décida de s'octroyer une bénéfique pause rafraîchissement. Il était plus de 15 heures, aucun client potentiel n'avait poussé la porte depuis la fin de matinée. Elle se fit tout d'abord un diabolo menthe qu'elle savoura à petites gorgées. Puis elle se dirigea vers le cabinet de toilette attenant, elle laissa la porte entrebâillée, si un client venait à passer le seuil de la porte le carillon la préviendrait.

Anaïs ouvrit les deux ou trois boutons de nacre de son chemisier de lin blanc. Elle poussa un léger soupir de bien-être. L'étoffe collait à sa peau moite,

Elle tendit la main droite vers la brosse placée sur la tablette de verre dépoli. Elle lissa sa longue chevelure blonde, la ramena en un chignon souple qu'elle fixa à l'aide de plusieurs pinces. Elle se sentait déjà un peu mieux.

Puis elle se saisit du brumisateur et s'aspergea longuement le visage, les seins, le ventre, avec volupté.

Soulevant la jupe assortie à son haut, elle poussa la hardiesse jusqu'à se rafraîchir les mollets, puis les cuisses remontant lentement, très lentement vers son sexe moite, humide, que la légère étoffe du string blanc cachait à peine. Une petite houle de plaisir venait de l'effleurer à ce léger contact, lui rappelant soudain son célibat certes voulu, mais parfois difficile et qui perdurait à présent depuis plusieurs semaines. Encore quelques bouffées de fraîcheur et il fallut songer à retourner travailler, mais comme c'était bon, un vrai délice ! Trop court, tant la chaleur était intense, étouffante, insoutenable.

Elle décida alors d'ôter son soutien-gorge, après tout, personne ne passerait sans doute plus la porte de l'agence aujourd'hui. On était samedi, elle avait décidé de fermer boutique vers 17 heures. Il lui restait un peu de classement à faire. Quelques devis à faire parvenir à des associations désirant organiser des excursions en direction du troisième âge à la rentrée… Rien de très excitant en somme.

Elle rejoignit son bureau, s'activa quelques minutes, retourna faire une nouvelle pause et décida au regard de l'absence d'activité de fermer plus tôt que prévu.

Elle dirigea son regard vers la vitrine et là, se figea.

Un homme la contemplait, un sourire amusé sur les lèvres, le regard taquin, insistant, comme captivé.

Elle détourna très vite son propre regard, gênée soudain et replongea le nez dans ses dossiers comme pour se donner une contenance.

Mais elle sentait malgré tout peser encore sur elle cette présence masculine. C'était indéfinissable comme sensation. Mine de rien, elle releva les yeux en douceur au-dessus de ses lunettes, espérant qu'il serait parti. Plus personne dans son champ de vision ! Elle releva tout à fait le menton. Il était bel et bien parti… Sans bien pouvoir l'expliquer elle se sentait presque déçue, ce qui était totalement ridicule il fallait bien en convenir. Et pourtant elle devait se l'avouer, il lui avait semblé bel homme de prime abord. Elle avait été captivée par son regard, sombre, intense, lorsqu'il avait relevé ses lunettes de soleil comme pour mieux l'observer. En quelques secondes elle avait capté quelques détails qui l'avait marquée, le contour de ses lèvres, ferme et sensuel, ce petit sourire charmeur qui flottait légèrement en coin. Et puis cette chevelure sombre, abondante, ondulée, cette barbe taillée avec soin, une peau hâlée, comme tannée par le soleil… Pas du tout son genre d'homme en somme habituellement. Mais alors, pourquoi avoir saisi cette somme de détails en si peu de temps ? Quelque chose en lui l'avait attirée, bien malgré elle… mais il n'était plus là… Elle le regrettait presque à présent.

Elle se rendit dans la réserve, rapporta quelques chemises, qu'elle fit choir bêtement sur la moquette où elles s'éparpillèrent. Elle se pencha pour les ramasser et au moment où elle se redressait elle entendit une voix sombre, veloutée, légèrement éraillée lui demandant si elle souhaitait de l'aide. Elle se redressa brusquement, faillit s'assommer au passage sur le retour du bureau et eut un mouvement de recul lorsqu'elle se retrouva face à... son inconnu. Prise de court elle bredouilla un improbable :

— Bonjour. Désolée, mais je ne vous ai pas entendu entrer... le carillon n'a pas fonctionné ?

Auquel il répondit par quelque chose comme :

— Si, si, pourtant, mais vous sembliez très occupée...

Rougissante elle répondit :

— Certes, je suis maladroite, la chaleur... la fatigue sans doute...

Et lui de rire aux éclats ce qui la troubla d'autant plus, à tel point que les fameuses chemises rassemblées à la hâte vacillèrent entre ses bras et retrouvèrent une seconde fois le chemin du sol en moins de temps qu'il ne faut pour le dire. Pour le compte, elle se sentit vraiment idiote. Il s'avança de quelques pas et lui proposa son aide, qu'elle accepta et c'est ainsi qu'en quelques secondes ils se retrouvèrent l'un et l'autre à quatre pattes ses cheveux à elle frôlant son visage à lui, tandis que son souffle à lui effleurait sa poitrine lorsque son visage se tendait vers elle.

Les derniers documents ramassés il se releva le premier et lui offrit galamment la main afin de l'aider à en faire autant, ne prononçant aucun mot. Elle hésita une fraction de seconde, contemplant troublée cette main tendue et puis elle accepta du regard, sans mot dire à son tour. Elle glissa sa petite main si blanche et si douce dans cette grande main à la peau mate et sombre, aux longs doigts effilés. À leurs contacts, un trouble certain la saisit qu'elle tenta de dissimuler autant que possible. Tout en se relevant, elle put évaluer qu'il était un peu plus grand qu'elle, mince, presque sec, très musclé lui sembla-t-il. Son eau de toilette lui fit tourner la tête un instant, à moins qu'elle ne se soit redressée trop rapidement ? Il était élégant, mais sans ostentation. Des vêtements de marque italienne peut-être ? Il lui saisit délicatement le coude au passage, comme pour accentuer le contact entre eux, elle frémit à nouveau à cette caresse sans doute involontaire, mais très troublante pourtant. Ils se firent face un instant. Son trouble s'accentuait sous son regard qui n'en perdait pas une miette. Dans ses yeux elle pouvait lire de l'amusement, certes, mais aussi comme une tendresse tout inattendue et une ardeur qui la laissa sans voix, l'empêchant presque de songer à le remercier ce qui n'était pas dans ses habitudes !

Elle reprit enfin ses esprits, battit en retraite derrière son bureau, l'invitant à s'asseoir et lui demandant en quoi elle pouvait lui être agréable.

À l'instant même où elle prononçait ces quelques mots anodins elle su qu'une fois de plus elle venait de faire une bourde énorme, cela lui ressemblait bien, qu'elle gourde ! Forcément, il allait rebondir sur ses mots, il ne pouvait en être autrement…

Quelques secondes passèrent. Il avait dû saisir son trouble. Il lui sourit, laissant filer le temps, comme à dessein, durant des secondes qui lui parurent des minutes et déclara enfin :

— J'envisage de prendre des vacances. J'ai emménagé dans la région il y a plusieurs semaines pour raisons professionnelles. Je n'ai pas pris de congés depuis l'année dernière, j'aurais besoin de me détendre, de me dépayser... Je n'ai pas d'idée arrêtée, que pourriez-vous me conseiller ?

Anaïs lui posa quelques questions d'usage afin de cerner ses envies, son budget. Cela lui fournit quelques indications sur cet homme qui l'intriguait de plus en plus. Il répondait avec sobriété, appuyant chacun de ses réponses de longs silences. Peu à peu, elle prit conscience qu'il semblait troublé par quelque chose, son regard s'égarait tout au long de leurs échanges. Elle tenta de cerner ce qui le distrayait ainsi jusqu'à ce qu'elle réalise, dans son innocence, que c'est elle-même qui était l'objet de ce trouble amusé, qu'elle lisait dans ses yeux. Son visage s'empourpra brusquement. Elle prit conscience qu'il fixait sa poitrine à présent sans aucune retenue. Elle sentit le bout de ses seins se durcir sous la caresse insensée et réalisa dans le même instant que non seulement elle avait omis de remettre son soutien-gorge, mais que de plus, sous l'effet des nombreuses brumisations, l'étoffe de lin ne devait plus rien dissimuler à présent de ses formes généreuses. Le bougre n'en perdait pas une miette... Qui aurait pu le lui reprocher d'ailleurs ?

Son trouble s'accentua encore, elle bafouilla quelques mots indistincts, auxquels il répondit d'une voix de velours, cherchant à l'aider à présent tant il prenait conscience de son désarroi dont il s'amusait bien entendu, mais qui le troublait également de façon tout à fait incompréhensible.

Fernando était un homme d'expérience en matière de femmes. Les conquêtes ne lui avaient jamais manqué à l'occasion de ses nombreux voyages dans le monde liés à ses activités d'import-export. Il ne se cachait pas d'avoir mis dans son lit de nombreuses beautés exotiques ou racées. À l'aube de ses soixante ans, ses exigences devenaient pourtant très différentes. Bien entendu, il appréciait toujours la compagnie de femmes plus jeunes que lui, ce qui flattait son ego et correspondait à son caractère jeune, déterminé, son tempérament encore plein de vigueur et de fougue. Mais avant toute chose, il souhaitait après des années de tumultes, de ruptures parfois douloureuses, se poser enfin et partager les prochaines années avec une femme douce et sensuelle, mais aussi pleine de fougue et de joie de vivre. Lassé des prises de tête avec des beautés capiteuses, mais souvent capricieuses qui n'en voulaient souvent qu'à son argent, il se sentait prêt à présent à envisager une vie très différente, à choyer une femme peut-être aussi. À ouvrir son cœur, à se laisser aimer.

La seule difficulté et non des moindres étant de trouver la « perle rare ». Il avait changé peu à peu son style de vie, déserté les soirées mondaines, les cocktails ennuyeux, les dîners dans des restaurants huppés… Il revenait à de vraies valeurs. Bien vivre ne signifiant pas forcément dépenser son argent sans compter il ouvrait enfin les yeux sur le monde, celui de monsieur et madame tout le monde. Lui l'homme d'affaires implacable, hautain parfois, marchait sur le chemin de la rédemption.

Une sérieuse attaque cardiaque avait tout chamboulé dans sa vie l'année précédente. Comme un électrochoc salutaire lui ayant permis de se remettre en cause et de mesurer à sa juste valeur le chemin parcouru. Il avait en premier lieu pu faire très vite le compte de ses amis. Combien étaient venus le voir durant son hospitalisation ? Très peu. Quant à ses partenaires financiers, ils les avaient sentis devenir frileux, distants, voire hostiles. Debout, il était un homme craint, respecté… Un genou à terre, les loups montrèrent les crocs et leurs véritables intentions. Jusqu'à son principal associé qui ne se gêna pas pour lui voler sa copine du moment, une jeune beauté d'une trentaine d'années, peu farouche qui le quitta du jour au lendemain sans aucun état d'âme.

Il avait donc quitté Bordeaux, son ancienne vie et débarqué dans l'Est pour se « refaire » une vie tout autre. Ici, personne ne le connaissait, les conditions idéales étaient réunies pour réussir ce pari fou, trouver la femme de sa vie, enfin ou du moins de ce qu'il en restait à vivre !

Anaïs n'était pas une totale inconnue pour lui. Chaque matin depuis plusieurs semaines il prenait son premier café juste en bas des locaux qui hébergeaient ses nouveaux bureaux. Il avait pu tout à loisir l'observer de loin. Elle arrivait tôt, repartait très tard, toujours seule. Elle n'était pas son genre de femme habituel. Assez grande, blonde, tout en fossettes et en rondeurs elle était passée près de lui un matin, une brassée de roses dans les bras, laissant dans son sillage des fragrances connues, Trésor de Guerlain sans doute. Elle l'intrigua d'amblée. Sa démarche vive et décidée sans doute. Cette façon qu'elle avait de rejeter sa chevelure en arrière tout en cambrant les reins, d'humecter ses lèvres avec sensualité. Il lui prit un jour l'idée, alors qu'elle était seule à l'agence, d'appeler sous un prétexte anodin afin d'entendre sa voix. Il ne fut pas déçu, elle était telle qu'il l'imaginait, douce, sensuelle, excitante. Il se prit chaque jour un peu plus à fantasmer sur elle. Étrange et troublante sensation qui réveillait sa libido un peu endormie depuis son déménagement. Inexplicablement, il avait envie d'elle sans rien savoir de sa vie. Il la pressentait juste à sa mesure. Une femme simple, mais charmeuse sans en avoir conscience. Une femme voluptueuse qui, mise en confiance, tendrement révélée, pourrait devenir une maîtresse et pourquoi pas une compagne à la mesure de ses désirs.

Il avait observé qu'elle était seule depuis quelques jours, il était temps pour lui de l'aborder, d'où sa visite de cet après-midi.

Anaïs se sentait troublée, comme mise à nue sous son regard. C'était à la fois très gênant et très excitant et elle aimait cette sensation inconnue qu'elle sentait monter dans le creux de ses reins sous le regard de cet homme fascinant. La bouche sèche, elle passe sur ses lèvres ce petit bout de langue qu'il avait tant de fois pu observer. Il eut l'envie soudaine et brutale de se lever, de balayer tous les objets présents sur son bureau et de la prendre là, sans mot dire. Des visions troublantes, brûlantes, s'allumaient dans son esprit à chaque fois qu'il contemplait ses formes épanouies. Il rêvait de plonger son visage entre ses seins blancs, de laisser ses lèvres goûter au sel de sa peau, de se perdre dans les velours de ses cuisses, il sentit son désir poindre brutalement et perdit un peu contenance sous le regard de cet ange qui le fixait avec intensité et douceur. Elle lui parlait. Chaque mot coulant de sa bouche accentuait encore son trouble. Il était comme figé, aimanté par elle et il sentait un trouble certain s'emparer d'elle aussi en retour. Il ne fallait pas l'effrayer, ne pas aller trop vite. L'attente serait douloureuse, mais le plaisir n'en serait que plus intense lorsqu'elle serait sienne, car elle le serait, il n'en doutait pas. Il l'imaginait déjà vibrant sous ses assauts. Elle serait une amante douée et soumise à la fois, il en était certain. Chacun de ses gestes disait sa sensualité qui ne demandait qu'à se faire jour. Être celui qui la révélerait lui procurerait une jouissance sans pareille. Elle avait sans doute une dizaine d'années de moins que lui, elle était parfaite, il en était certain. Il s'arracha à ses rêveries avec difficulté. Il demanda un catalogue, un prétexte pour reprendre contenance et pouvoir sortir de la boutique sans se faire remarquer. Son sexe palpitait douloureusement contre son ventre. Impossible de ne pas le voir s'il se levait devant elle à l'instant. Il ne voulait pas l'effrayer, passer pour un pervers… Elle avait pris trop de place dans sa vie ses dernières semaines. Il ne pouvait risquer de la perdre. Il profita qu'elle se dirigeait vers une armoire pour lui demander s'il pouvait utiliser ses toilettes. Elle lui indiqua la direction et il fonça vers la porte entrouverte. Une fois dans les toilettes il contempla son sexe en érection maximale, tendu, douloureux. Pas d'autres choix que de se soulager là, à quelques pas d'elle afin de pouvoir paraître à nouveau sous ses yeux décemment. C'était de la folie, mais il n'avait pas le choix. Son esprit visualisa malgré lui la courbe de ses seins tandis que sa main droite s'activait fébrilement sur sa hampe de chair. Son plaisir fut rapide et violent, intense. Il se mordit les lèvres au sang afin qu'elle ne l'entende pas gémir. La prochaine fois il lui ferait l'amour, il la comblerait, aucun doute c'était elle qu'il voulait. Il tira la chasse d'eau, se lava les mains, la rejoignit. Tout en se saisissant du catalogue qu'il avait failli

L'abécédaire coquin....

oublier, il contempla sa montre et balbutia qu'il avait un rendez-vous, qu'il ne pouvait pas rester plus longtemps. Il lui demanda si la boutique était ouverte demain matin. Elle lui répondit qu'elle serait là. Dans son regard, il lut comme de la déception, une tristesse passagère. Il lui fit un sourire et lui promit à deux reprises de revenir le lendemain. Au moment de passer la porte, il se retourna et lui demanda son prénom.

— Anaïs lui répondit-elle de sa voix si troublante.

— Moi c'est Fernando. Je reviens demain, j'ai envie de vous revoir !

Et il claqua la porte, fuyant son regard médusé, mais plein d'espoir. Son cœur battait la chamade, il avait quarante ans, trente ans... il se sentait jeune et vivant, à nouveau. Incroyable comme le destin peut basculer en quelques minutes...

Anaïs s'assit derrière son bureau. Ses yeux ne quittaient pas la porte. Le carillon résonna encore longuement dans ses oreilles. La silhouette de son visiteur s'était éloignée. Chaque instant de cette dernière heure passait et repassait dans son esprit. Elle ne s'était jamais sentie aussi troublée sous le regard d'un homme. Elle devait bien se l'avouer, à son contact elle était soudain très différente. Plus femme, plus féline, plus animale... Difficile à expliquer... mais c'était incroyablement jouissif comme sensation. Elle rêvassa un moment avant de prendre enfin la décision de rentrer chez elle. Il avait dit qu'il reviendrait demain... Son cœur battait plus fort à chaque fois que ses mots résonnaient en elle. Ce soir-là elle eut bien du mal à trouver le sommeil. Sa main partit à l'aventure effleurant chacun de ses seins, les pétrissant avec douceur, puis de plus en plus intensément. Elle gémissait doucement, son corps réclamait d'autres plaisirs, d'autres caresses. Son sexe humide avait faim d'amour, de chevauchées fortes et intenses, il avait soif d'un homme. Un visage se superposa alors sur ces images de luxures désirées, celui de son bel inconnu. Ses cuisses s'écartèrent alors d'elle-même, tendues vers l'inconnu, son sexe s'offrait, impudique. Un hurla quand ses doigts effleurèrent son bouton incandescent. Elle se caressait à présent sans retenue, murmurant des mots sans suite, l'appelant à la besogner de plus en plus fort, il était en elle, elle le sentait, elle le désirait… Elle jouit comme jamais en criant son nom et se retrouva prostrée en travers du lit, haletante, sans pouvoir imaginer que lui aussi, de son côté, en ce même instant, à l'autre bout de la ville, hurlait son plaisir tendu vers elle. Ils s'endormirent la tête pleine de rêves dans les minutes qui suivirent. Un sourire de bien-être sur les lèvres. Demain serait prometteur…

Le lendemain matin, Anaïs se leva bien avant que son réveil ne sonne. Elle se sentait dans un état étrange, à mi-chemin entre la joie, l'euphorie et une angoisse délicieusement insupportable qui lui tenaillait les entrailles. Allez avoir pourquoi…

Elle prit une longue douche et se planta ensuite devant son dressing en petite tenue. La question existentielle du jour étant : que mettre pour lui plaire ? Se mettre en valeur ? Rien ne lui semblait assez bien pour lui. Elle passait en revue chacune de ses robes, ses tenues les plus habillées. Son moral chavirait, son cœur était au bord des lèvres, elle se contempla dans la glace longuement. Elle était folle, tout simplement folle de pouvoir imaginer qu'un homme comme lui pourrait s'intéresser à une fille comme elle. En cet instant, elle détesta plus que jamais ses rondeurs, sa taille pas assez fine, ses seins pas assez fermes, elle était quelconque, banale, ordinaire… et lui tellement classe, raffiné, beau, sensuel, sexy… désirable. Il n'était pas pour elle. D'ailleurs, elle avait sans doute imaginé ses regards lourds de sens qui s'attardaient sur elle. Ce quelque chose de sensuel qui semblait flotter entre eux à chaque parole échangée. Son imagination trop fertile lui avait sans doute joué des tours, elle avait pris ses désirs pour des réalités. La faute à cette chaleur torride, à ces trop longues semaines solitaires sans doute.

Elle en était là de ses réflexions lorsqu'elle se souvint avec effroi que l'on était dimanche. Hier, en se donnant ce rendez-vous informel à l'agence, l'un et l'autre n'avaient pas réalisé que l'on serait dimanche. Elle était effondrée… Et puis elle se dit qu'après tout c'est lui qui avait proposé de se revoir, de repasser la voir, à moins qu'il n'ait dit cela pour fuir, battre en retraite ? Elle avait besoin d'en avoir le cœur net. Elle sécha ses cheveux et les lissa avec soin. Elle passa une robe légère, simple, mais élégante. À son image. Un léger maquillage, comme à l'accoutumée. Seule coquetterie qu'elle s'accorda, des talons hauts, vertigineux, pour mettre en valeur ses longues jambes élancées. Un soupçon de parfum, quelques bijoux choisis avec soin. Elle était prête à rejoindre sa destinée ou à se faire broyer le cœur une bonne fois pour toutes, mais il en valait la peine. C'est son cœur qui le lui disait. Elle avait envie de l'écouter, pour cette fois, pour cette fois seulement. Elle avait envie et besoin d'y croire. On dit parfois que l'amour ne se commande pas. Cet homme lui plaisait malgré tout ce qui semblait de prime abord devoir les éloigner. Elle se rendrait malgré tout à l'agence, elle verrait bien s'il y serait aussi…

Fernando de son côté vivait à peu de chose près les mêmes affres. Lui aussi venait de réaliser sa bévue : lui donner rendez-vous un dimanche, jour de fermeture ! Cette fille lui avait décidément tourné la tête, c'était surprenant, inquiétant, mais diablement excitant. Il avait toujours suivi son instinct qui lui avait rarement fait défaut tant en matière d'affaires qu'au niveau des femmes. Celle-ci avait quelque chose de différent, une innocence trouble, stimulante, doublée d'une sensualité naturelle qu'elle semblait ignorer et qui l'attirait, inexplicablement.

L'abécédaire coquin....

Il irait au rendez-vous, il en mourrait d'envie...

Elle arriva la première. Une fois devant l'agence elle se trouva bien ridicule. Que faire pour se donner une contenance ? Si par hasard il la rejoignait, il comprendrait en la trouvant là qu'elle aussi était attirée par lui, immanquablement. Sinon pourquoi venir en ces lieux où elle n'avait rien à faire en un tel jour ? Oh ! et puis zut. On dit bien que le ridicule ne tue pas ! Elle ouvrit la porte et entreprit d'arroser les plantes histoire de s'occuper les mains et l'esprit, de ne pas avoir l'air trop ridicule au cas où...

Lui l'observait assis à la terrasse en face. Il était arrivé bien en avance. Son cœur n'avait fait qu'un bond lorsqu'il l'avait aperçue s'approcher de loin. Un coup de vent providentiel avait écarté légèrement les pans de sa robe, dévoilant ses cuisses rondes et si blanches. Sa chevelure flottait sur ses épaules aujourd'hui. De grandes lunettes de soleil dissimulaient son regard. Elle était simplement vêtue. Égale à elle-même, elle ne s'était pas endimanchée, il apprécia cette constance dans son caractère. Il l'a trouva pourtant en cet instant sexy en diable. L'effet des talons hauts peut-être, de son déhanché suggestif quand elle se pencha pour ouvrir la serrure basse de la porte d'entrée de l'agence. La vue de ses fesses rondes et fermes tendues vers lui en toute innocence alluma des idées peu catholiques. Il avait envie d'elle, c'était inexplicable. Depuis qu'il l'avait entendu, aperçue, elle le hantait.

Elle s'était dérobée à son regard en entrant dans l'agence. Son cœur manqua un battement. Il n'avait qu'un désir, la rejoindre, l'étreindre... Mais il lui fallait se calmer avant, afin de ne pas l'effrayer. Si elle le voyait débarquer avec ce regard lubrique, elle allait prendre peur, c'était certain !

Au troisième café, il se sentit suffisamment serein pour se lever, payer ses consommations et traverser nonchalamment la place. Un coup d'œil à l'intérieur lui permit de se rendre compte qu'elle s'activait avec fébrilité à... arroser les plantes. Un sourire étira ses lèvres, elle semblait nerveuse... Une brusque envie de la prendre dans ses bras, de la rassurer le traversa. Il lui fallait agir. Le destin était au rendez-vous, le destin était en marche. Il ouvrit la porte, le carillon résonna longuement, elle se retourna brusquement, resta figée un instant et le sourire qu'elle lui offrit alors combla en un instant toutes ses attentes, c'était elle...

— Bonjour Anaïs, je ne pensais pas vous trouver ici aujourd'hui. J'ai réalisé hier soir en rentrant chez moi que nous serions dimanche. Que l'agence serait fermée. Je n'avais aucun moyen de vous joindre. Alors je suis passé, à tout hasard...

— Bonjour Fernando. C'est de ma faute. Je n'ai pas vu filer cette semaine, seule à l'agence. Je me pensais vendredi...

— Ce n'est rien, de toute façon je viens chaque jour au café en face prendre mon petit déjeuner. J'ai donc tenté ma chance en passant vous saluer au cas où…

Il fit un pas vers elle, hésitant à lui tendre la main, pour ne pas le mettre un peu plus dans l'embarras.

— Oh vous savez, je n'avais rien de spécial à faire alors je suis passée aussi avant d'aller chercher mon pain à la boulangerie de la Cathédrale.

— Vous avez petit-déjeuner ?

— À vrai dire, non !

— Je vous enlève ! Nous allons passer prendre des croissants, des viennoiseries et nous irons prendre un café, un thé, ce que vous voudrez chez Luc, en face, c'est un ami.

— Heu oui, pourquoi pas. C'est une idée.

— C'est dimanche après tout. Vous n'avez rien de prévu ?

— Non, rien du tout. Répondit-elle un peu trop vite.

— Vous vivez depuis longtemps ici ? Vous êtes née ici ?

— J'y vis depuis plusieurs années. Mon ex-mari qui travaillait dans le domaine bancaire avait été muté ici à l'occasion d'une promotion. Lorsque nous nous sommes séparés, il a quitté la région et moi je suis restée. Je m'y sentais bien, et puis j'avais quelques amis aussi.

— Vous avez des enfants ?

— Non, malheureusement. Didier ne pouvait pas en avoir et il n'a jamais souhaité en adopter. Et vous ?
— Non.
— ...
— Disons que je n'ai jamais rencontré la femme qui me donne envie d'en avoir. De créer une famille. À présent, c'est un peu tard…
— Il n'est jamais trop tard, pour rien !
— Vous croyez ?
— Oui, j'en suis certaine. La vie nous offre plusieurs chances, à nous de savoir les saisir…
— C'est une façon de voir les choses, vous allez m'expliquer tout ça, venez… dit-il en lui tendant une main, qu'elle saisit cette fois sans hésiter.

Ils quittèrent l'agence, partirent faire leurs quelques emplettes et s'installèrent comme prévu à la terrasse du café, sous un parasol, devisant de choses et d'autres, se racontant leurs vies comme s'ils se connaissaient de longue date.

À la fin de la messe, les cloches de la Cathédrale leur rappelèrent l'heure bien avancée. Fernando lui proposa alors d'aller déjeuner au bord de la Moselle, dans un restaurant où il avait ses habitudes. Elle accepta avec joie. Ses premières craintes, sa timidité naturelle, s'étaient peu à peu effacée devant la chaleur de son compagnon à son égard. Lui de son côté appréciait ces moments rares, paisibles auprès d'une femme qui était naturelle, simple et pleine de sincérité dans sa façon d'être. Ils avaient partagé des confidences, des éclats de rire. L'un et l'autre se sentaient bien. Ils souhaitaient faire durer le plus longtemps ces instants privilégiés. Rares.

Ils s'installèrent dans un coin un peu reculé de la terrasse du restaurant, sous les branches d'un saule centenaire. Le déjeuner s'éternisa. À l'issue de celui-ci, il lui proposa de se promener le long des quais et de rejoindre l'un des parcs tout proches afin de trouver un peu de fraîcheur. C'est main dans la main qu'ils avançaient côte à côte. Ils s'arrêtèrent un moment pour observer des pêcheurs qui semblaient avoir fait une prise miraculeuse. Il en profita alors pour se rapprocher d'elle, l'étreignant tout d'abord avec délicatesse, à l'écoute de ses réactions. Elle s'abandonna à son étreinte, qu'il resserra un peu plus, encouragé par ses réactions. Ils restèrent ainsi longuement. Fernando osa enfin de légers baisers dans son cou, il la sentit frémir sous la caresse. Ses mains se firent alors plus hardies. Elle se laissa faire… Il la retourna alors vers lui, releva ses lunettes de soleil, plongea au fond de ses yeux, longuement, et prit ses lèvres avec douceur tout d'abord, puis avec plus d'intensité. Il la sentait s'abandonner, se cambrer sous ses mains. Il poussa un profond soupir de bien-être, dénouant doucement cette étreinte suave, ne voulant pas brûler les étapes, il lui proposa de poursuivre leur promenade un peu plus loin.

L'abécédaire coquin....

— Tu as une préférence ? demanda-t-il en osant pour la première fois la tutoyer.

— Non, j'ai juste envie d'être avec toi, dit-elle d'une toute petite voix troublée, mais vibrante de promesses.

Il l'a saisi alors par la taille. Et ils poursuivirent leur périple, leurs corps soudain plus proches, se cherchant, se frôlant, faisant connaissance.

Arrivés dans le parc, ils choisirent un coin un peu à l'écart de concert et s'y allongèrent. Elle se blottit naturellement dans ses bras et il partit sans vergogne à la découverte de ses formes, de sa peau, de ses lèvres, la décoiffant avec bonheur, glissant ses mains sous sa robe sans pour autant aller trop loin, ils étaient en public tout de même. Elle se laissait faire, mieux elle s'offrait et chacun de ses abandons laissait présager des délices et des promesses d'extase bien plus grands. Il avait pris possession de sa bouche qu'il ravageait de ses baisers tout en malmenant ses seins. Elle gémissait sous ses assauts et lui avait bien du mal à se contenir. S'ils avaient été ailleurs il l'aurait prise là tout de suite, sans autre préambule tant son désir d'elle était fort et violent. Mais l'attente était un plaisir si voluptueux... Il savait comme il était bon de le faire durer encore et encore pour mieux s'y abandonner plus tard.

L'après-midi se poursuivit, entrecoupé de confidences, de soupirs, de baisers, de désir...

Il lui proposa tout naturellement ensuite de venir chez lui. Il avait envie de lui faire partager son quotidien, son intérieur, de la voir dans ses meubles. De s'amuser de ses réactions, de ses émerveillements de petite fille parfois qu'il trouvait si frais, si touchants ! Lui, le célibataire endurci, qui ne ramenait jamais aucune de ses conquêtes chez lui, préférant pour ses ébats des hôtels luxueux certes, mais impersonnels, bouleversait en ce jour tous les dogmes établis.

Elle le suivit sans hésiter. Ils rejoignirent son véhicule garé sur la place d'armes et si à sa vue elle marqua sans doute une bien involontaire surprise, elle ne dit mot ouvrant de grands yeux ébahis devant tant de luxe et de raffinement. Il lui ouvrit galamment la portière, elle se glissa avec délice sur son siège de cuir fauve non sans dévoiler ses jambes, les pans de sa robe s'étant largement écartés dans la manœuvre.

Il aperçut au passage une dentelle arachnéenne noire qui ne fut pas sans l'émouvoir. Il referma la porte dans un bruit feutré, jouissant de sa surprise en bon macho qu'il était, il fallait bien l'avouer. Les voitures avaient toujours été son péché mignon et celle-ci tout particulièrement, car il l'avait convoitée longuement avant de se décider à l'acquérir. Cette Bentley Continentale, puisque c'était elle dont il s'agissait, correspondait bien à son caractère et à ses exigences de perfection, de précision, alliant à la fois élégance et raffinement. Anaïs n'était jamais montée dans un tel véhicule. Elle le fit pourtant avec naturel et simplicité, deux qualités qui semblaient décidément la caractériser en toute circonstance. Elle ne lui jeta pas de cris éblouis à la figure, ne s'émerveilla pas à grand renfort de superlatifs. Elle goûta juste l'instant offert comme un cadeau. Caressant de sa main délicate le cuir sous la paume de sa main, un geste qui le troubla plus que tout. Elle notait chaque détail, chaque finition, les appréciant. Il avait le sentiment qu'elle ne contemplait pas une merveille de technologie, mais bien une œuvre d'art, avec laquelle elle ferait corps, dont elle s'imprégnerait.

Il roula lentement dans la ville, profitant de l'instant avec délectation. Retardant leur arrivée dans son appartement. Il roulait simplement, les vitres baissées. La chevelure d'Anaïs s'évadait par à-coups et lui rêvait d'y enfouir son visage, de partir à la découverte de sa peau, de ses recoins secrets, d'éveiller en elle des incendies. Il l'avait sentie impétueuse, brûlante, sur la réserve dans les apparences, le fruit d'une éducation sans doute très stricte, mais qui ne demandait qu'à voler en éclat sous les assauts d'un amant attentif et aimant.

Ils arrivèrent devant son immeuble, la porte du parking s'ouvrit et ils plongèrent dans les profondeurs du sous-sol. Elle frissonna à ses côtés. Le contraste entre la chaleur brûlante de l'été et la fraîcheur soudaine de l'immeuble ? Il étreignit sa main comme pour la rassurer, lui transmettre son propre émoi aussi. Ce soir, elle serait sienne. Il le savait, elle s'y préparait... Après s'être garé dans un emplacement clos qui lui était réservé et dans lequel dormaient sans doute d'autres merveilles motorisées dissimulées sous des bâches, ils rejoignirent main dans la main l'ascenseur particulier qui les mena directement au cœur même de son appartement.

Il lui fit faire le tour du propriétaire, un vaste duplex ouvrant sur une terrasse semi-couverte, le long de laquelle couraient de larges baies vitrées dominant les toits de la ville, étalée à leurs pieds. Ici, aucun mur, aucune cloison, chaque espace était délimité par des tentures, des sculptures... La salle de bain était séparée par un fastueux mur d'eau illuminé. Des étoiles s'allumaient dans les yeux d'Anaïs à chaque nouvelle découverte. Elle courrait de l'une à l'autre, s'extasiait enfin. Elle se troubla devant l'espace nuit, un vaste lit rond recouvert de coussins et placé au centre de l'espace. Il la rassura d'un sourire, il souhaitait qu'elle s'offre à lui, mais seulement quand elle y serait prête.

Il lui proposa une boisson qu'ils prirent sur la terrasse à l'ombre des bambous plantés dans de vastes jardinières laquées. Il mit un peu de musique et puis elle se blottit contre lui. Il la laissa faire... Ses baisers doux et sensuels se firent plus précis. Elle défit un à un les boutons de sa chemise effleurant sa peau de ses lèvres à chaque pouce de terrain gagné. Il s'abandonnait à ses caresses. À son tour, il fit glisser sa robe par-dessus ses épaules afin de découvrir enfin son corps qu'il avait si longuement caressé cet après-midi comme pour l'apprivoiser. Ses formes étaient celles d'une vénus sortant du bain. Épanouies, tout en courbes et en rondeurs, un corps fait pour l'amour, qui ne demandait qu'à s'offrir aux caresses les plus osées, aux jouissances les plus vives. C'est elle qui lui ôta son pantalon, qui glissa à ses genoux pour lui offrir ses premières caresses si intimes, de celles qu'il attendait depuis de longues heures. Sa bouche se fit incendiaire. La tête renversée en arrière, le sexe brandi et offert il goûtait à la douceur de ses lèvres, de sa langue imprimant des caresses appuyées sur sa verge, ses cuisses. Lorsqu'elle le prit dans sa bouche, le suçant avec passion et volupté, il sut que la nuit serait longue, pleine de révélations et de plaisirs intenses. Il la laissa se divertir, puis commença à son tour à lui prodiguer des caresses appuyées sur ses seins qu'il flatta longuement. Ses doigts dégrafèrent son soutien-gorge, se glissèrent dans la moiteur des replis secrets de son entrejambe qu'il découvrit brûlant et tropical, elle se liquéfiait sous ses doigts ce qui l'excita au plus haut point. Il la renversa alors sur le canapé, lui arrachant son string avec les dents, écartant ses cuisses à l'extrême et il contempla longuement l'objet de ses désirs, la mettant au supplice. Il s'approcha doucement de son bouton d'amour qu'il commença à malmener de ses doigts, puis du bout de la langue. Elle gémissait sous ses caresses, se tordant de plaisir en demandant plus encore. Écartelée et offerte ainsi, elle était somptueuse. Alors il s'enfouit encore un peu plus en elle, ravageant son antre de ses caresses buccales. Sentant sa jouissance toute proche, n'y tenant plus lui-même, il l'entraîna vers le lit, la renversa sans ménagement et approcha son sexe en la pénétrant avec douceur tout d'abord. Elle se cabra sous l'assaut et vint s'empaler d'elle-même sur sa chair palpitante. Mon Dieu ! qu'elle était douce, accueillante, brûlante, torride ! Il la chevaucha longuement, alternant le rythme, la laissant au bord du plaisir pour mieux l'y abandonner et la reprendre. Elle le suppliait à présent de l'achever, de la combler de son plaisir, mais il se jouait de ses soupirs, de ses cris. Il plongea à nouveau entre ses cuisses, résolu à la faire jouir une première fois sous sa langue, elle explosa en quelques secondes hurlant son plaisir, qu'il recueillit sur ses lèvres, ses parfums intimes se mêlèrent à leurs baisers voraces. Il la laissa reprendre son souffle puis déterminé à la faire succomber à nouveau il la retourna doucement lui murmurant à l'oreille qu'il allait la baiser comme personne de l'avait jamais fait avant lui. Elle frémit sous la promesse et lui offrit sa croupe avec une impudeur totale. La saisissant aux hanches, il s'enfouit alors dans cet antre sombre, profond et brûlant. Il la besogna avec force et vigueur. Chaque assaut la mettait au supplice, mais elle en redemandait encore et encore. Lui, connaissait un plaisir fort et intense, leurs deux corps semblaient se connaître depuis toujours. Elle l'encourageait à présent de la voix, cette voix suave et douce, cette bouche délicate qu'il avait chiffonné de ses baisers tout à l'heure et dont les propos osés à présent le stimulaient d'autant plus qu'ils semblaient incongrus venant d'elle. Alors il lâcha les chevaux, la prit sans ménagement, elle l'encourageait encore, elle attendait son plaisir, retenait le sien qui montait à nouveau et quand ils jouirent ensemble, tendus l'un vers l'autre, il leur sembla mourir ensemble, s'abandonner l'un à l'autre comme jamais. Leurs corps restèrent unis, imbriqués l'un dans l'autre. Ils glissèrent doucement sur le côté, se rapprochèrent au plus près. Il avait encore envie d'elle, son désir ne s'éteignait pas, il la voulait encore et elle s'offrait à nouveau, tendant un peu plus ses fesses vers son sexe toujours dressé. Alors il lui demanda si elle en voulait encore, elle se pressa un peu plus contre lui, elle n'en avait pas encore assez elle non plus. Il se glissa en douceur entre ses fesses, c'est elle qui le guida délicatement sur ce chemin interdit. Elle ne l'avait jamais fait encore, mais avec lui elle en avait soudain envie, un désir irrépressible. Elle était tellement offerte, humide, qu'il n'eut aucun mal à atteindre son but, avec précaution cependant pour ne pas la blesser. Elle gémissait doucement, il retenait ses assauts, la laissait le guider, ils brûlaient l'un et l'autre d'un feu incandescent. Quelle jouissance pour lui de la posséder ainsi totalement, de la sentir sienne, sans aucune retenue. Quel cadeau, quel plaisir, quel échange !!! Peu à peu, elle se livrait encore plus, totalement et quand son plaisir à lui explosa alors qu'il l'encourageait à le rejoindre il sentit aux spasmes de son corps qu'elle avait joui tout aussi intensément que lui, que ce plaisir n'était pas feint, son propre plaisir en redoubla alors et c'est épuisé et hors d'haleine qu'il s'abandonna contre elle, lui murmurant des mots tendres auxquels elle répondait par d'autres tout aussi doux à ses oreilles. Rien ne les destinait à se rencontrer, leur passé, leur vécu étaient à cent lieues l'un de l'autre et pourtant en cet instant il sut qu'une page se tournait. Il avait trouvé, enfin, son havre de paix. Elle reposait entre ses bras, son souffle s'était peu à peu ralenti, elle sombrait dans un demi-sommeil lui murmurant combien elle se sentait bien avec lui, il effleura ses lèvres d'un baiser, referma ses bras autour d'elle et lui promit de toujours être là pour elle, pour la protéger, l'aimer. Un parfum d'éternité flottait autour d'eux, la page des années de solitude, d'errance se tournait, l'avenir s'ouvrait, radieux et paisible, enfin…

***

L'abécédaire coquin….

L'abécédaire coquin....

B comme... Bénédicte.

L'abécédaire coquin....

L'abécédaire coquin....

    Ce jour-là, un jour férié, banal, froid, ennuyeux, Bénédicte surfait sur différents forums, sur lesquels elle avait coutume de partager ses écrits ou de partir à la découverte de textes érotiques.

    Depuis quelque temps, elle consultait régulièrement les petites nouvelles d'un certain James, qui, elle l'avait appris récemment, se prénommait plus sobrement Jean-Pierre.

    Lasse des écrits graveleux, vulgaires, rabaissant bien souvent la femme à n'être qu'un objet sexuel, que l'on malmène, que l'on trousse sans vergogne, que l'on rabaisse, que l'on soumet parfois, elle cherchait en vain un auteur à sa hauteur, plus en subtilité, en finesse, qui sache manier l'art de la poésie, de l'envie, du désir qui s'attise.

    Elle l'avait trouvé, enfin, pour son plus grand bonheur. Depuis quelques soirées elle se gorgeait d'orgasmes littéraires, de plaisirs subtils aux confins de l'illusion, du virtuel, aux répercussions physiques bien réelles pourtant.

Elle frissonnait sous ses mots, à l'évocation de ses caresses suggérées, si bien décrites, auxquelles elle se serait bien laissée aller. Le souffle court et le sexe palpitant, en ébullition, il n'était pas rare qu'elle apaise son tourment en rejoignant son lit, humide, chaude, brulante de désir, des mots fous tournant dans sa tête, des images encore plus folles passant sous ses yeux à demi fermés, toute concentrée qu'elle était sur son plaisir qui grimpait. La houle la bousculait, elle haletait, la gorge sèche, le souffle court, en attente d'une délivrance qu'elle retardait encore afin d'attiser bien plus encore son plaisir qui ne tarderait pas à la submerger.

Et puis c'était le retour sur terre, fatalement, la solitude de son lit froid et vide, désespérément vide, depuis des mois.

Pour quoi s'imposer cela ? Elle était belle et sensuelle. Un petit bout de femme faite au moule, bien proportionnée. Les hommes se retournaient sur elle dans la rue, matant sa croupe innocemment aguicheuse, sa chute de rein cambrée, son balancement suggestif, lacif. Ses seins, figures de proue prometteuses, incendiaient le regard et les sens du plus raisonnable des pères de famille. Impossible de rester indifférent à cette chevelure flamboyante et bouclée qui frôlait ses fesses rebondies à chaque pas décidé, conquérant de ses jambes fermes, longues et musclées.

Bref elle avait à la fois le physique d'une poupée et d'une bombe. Teint de porcelaine, grands yeux immenses d'un vert émeraude magnifique, bouche pulpeuse et un magnétisme sexuel incontournable.

Et pourtant, elle était seule… Une rupture, un divorce ? Même pas. Un vœu. Pas un vœu de chasteté, un vœu d'amour… Celui d'une femme qui avait perdu le seul homme qu'elle n'ait jamais aimé. Elle l'avait soutenu, soigné, dorloté, du mieux possible, aussi longtemps que possible, avant que la maladie et la mort, funestes comparses, ne le lui arrachent.

Des mois à ne plus être une femme, juste une épouse, une infirmière dévouée. Des mois à ne plus être à l'écoute que des besoins, des plaintes, à veiller sur son sommeil, à devancer ses demandes. Des mois à étouffer tout désir, le cœur n'y était plus. L'amour se vivait dans l'abnégation, dans la tendresse, dans la main qui se fait consolatrice, apaisante, mais jamais arme du désir. Ils avaient sublimé l'amour dans ce combat ultime qu'ils n'avaient pas réussi à gagner. Il était parti, emportant avec lui tout le bonheur du monde. Celui de leur enfance, de leur adolescence, des premiers émois, des premières fois. Premières étreintes maladroites dans un véhicule inconfortable. Premières approches charnelles sur lit de nature accueillante. Parcours initiatique, fantastique, érotique…

Et puis le vide, le néant, la libido en berne, le cœur qui s'effrite, le corps qui se délite, qui hiberne. Ne plus s'autoriser à rien ressentir, de peur de souffrir, de le trahir.

Et puis l'ennui qui finalement s'infiltre, mais revenir dans le monde des vivants semblait insurmontable. Elle n'en avait pas le droit, pas encore, ce serait le trahir.

Quand elle contemplait son visage elle se trouvait vieillie, marquée, une ombre... L'ombre d'elle-même, l'ombre de leur amour fracassé.

Et puis elle s'enferma peu à peu dans un monde parallèle. Incapable de sortir de son cocon, sa vie devint virtuelle. Se faire livrer ses courses, travailler de son domicile, ne sortir parfois qu'à la nuit tombée pour éviter les regards compatissant des voisins. Ne plus répondre au téléphone. Se cloitrer.

L'écriture lui fut salutaire. Son éditeur la pressait de terminer son prochain roman, elle gagnait du temps. Elle découvrit la joie des réseaux sociaux, comblant ainsi à distance un manque de communication qui commençait à se faire sentir. Ses lecteurs la réclamaient, elle fut de plus en plus présente sur sa page. Quelques-uns partagèrent avec elle leurs blogs, l'adresse de forum sur lesquels ils postaient. D'abord réticente, elle prit peu à peu plaisir à ces échanges tantôt intéressés, parfois profonds.

A une époque où l'on incriminait internet, le rendant responsable du manque de communication directe entre les gens, paradoxalement, elle fut sauvée de sa léthargie par ces échanges sans enjeux, à temps compté.

Elle s'était fait quelques « amis » avec lesquels elle échangeait à présent quotidiennement. Des femmes essentiellement. Les hommes l'effrayaient. Certains surent être patients, l'apprivoiser et notamment James, alias Jean-Pierre.

À mots couverts elle lui confia peu à peu son drame. Mise en confiance elle en dit un peu plus. La solitude, le corps qui s'épuise de n'être plus aimé, désiré…

Lui aussi écrivait. Spécialisé dans les écrits érotiques il l'invita à rejoindre l'un des blogs sur lequel il s'était fait connaître comme un spécialiste du genre.

Auteur de romans beaucoup plus littéraires, de sagas familiales essentiellement, elle ne boudait pas pour autant les autres styles. Elle était très éclectique dans ses lectures, curieuse de tout. Si elle avait perdu pied un bon moment en oubliant elle-même de continuer à taquiner la muse, elle avait continué à dévorer roman sur roman, à voyager par l'imagination, à vibrer par procuration.

James et elle étaient de plus en plus proches. Il se plongea dans son univers poétique, limpide, vibrant d'émotion. Elle se perdit dans le sien, sulfureux, érotique, suggestif.

Elle avait vécu un amour de jeunesse, chaste et pur, comme les héros de ses romans. Un amour courtois, dont le sexe n'était pas absent, mais qui ne se disait pas, qui se murmurait, sans éclats, dans la pénombre d'une alcôve. Elle découvrait des ébats intrépides qui bouleversaient ses sens à nouveau en alerte. Elle se sentait gagnée peu à peu par des envies inavouables qui allumaient d'images fantasques ses rêves nocturnes.

JP et elle devenaient plus proches. L'heure des confidences était venue.

Ils découvrirent à la faveur d'un échange de mails qu'ils étaient presque voisins. Elle vivait dans les Yvelines et lui au cœur de Paris.

Une chance. Entretenir une relation « à distance » n'était pas dans ses projets. Si elle revenait enfin à la vie, ce n'était pas pour subir des complications.

Entretenir une relation à distance ? Quelle relation ? Elle se surprit elle-même à songer à leur « relation » ainsi. Elle mesura alors toute l'importance qu'il avait pris pour elle ces dernières semaines. Accro, voilà ce qu'elle était. Accro à son rire, sa présence constante, ses plaisanteries, ses coups de fil quotidien et ses écrits… Elle ne pouvait plus s'en passer.

Il la pressait de pouvoir enfin la rencontrer. Elle hésitait encore…

Sa voix d'emblée l'avait charmée. Une voix chaude et sensuelle, très grave, un peu chantante, avec un charmant petit accent. Sans doute ses origines italiennes…

Comment la convaincre ? Comment abaisser ces barrières qu'elle élevait encore entre eux ? Il la sentait parfois prête à baisser sa garde, à s'abandonner enfin un peu. Et puis l'instant d'après elle se refermait. D'un jour à l'autre elle était changeante. Toujours à cent pour cent à son écoute, mais comme en retrait. Il était perplexe. Il sentait une réelle complicité entre eux, une intimité toujours plus fusionnelle. Il s'interrogeait…

Et puis, au fil de leurs échanges, il perçut enfin la faille. C'était une femme superbe, il avait pu le constater en découvrant la photo qu'elle avait accepté de lui faire parvenir par mail. Elle était très intelligente, cela se percevait lors de leurs discussions, au travers de ses écrits.

Son point faible ? Elle avait perdu confiance en elle. Elle avait peur aussi, peur de ne pas être à la hauteur, peur de reprendre sa vie de femme là où elle s'était arrêtée après la perte de son premier et unique amour. Mentalement, elle pensait être la femme d'un seul homme. Elle se culpabilisait aussi, il le ressentait.

Il devait la mettre en confiance pour qu'elle se livre à lui, qu'elle s'abandonne à se bras, qu'elle accepte enfin de revenir dans le monde des vivants.

Alors un soir, il lui envoya une invitation pour un premier rendez-vous « virtuel ». Il espérait ainsi réveiller ses ardeurs, ses désirs, provoquer « la » rencontre.

Il savait qu'il prenait un risque énorme, celui de la perdre pour toujours si elle n'assumait pas ce passage à l'acte. Elle risquait de le détester, de se détester.

Il lui demanda tout d'abord de lui faire parvenir une photo d'elle en tenue légère. Il savait qu'elle refuserait d'amblée. L'important était de la mettre en confiance, de l'inciter au mieux à envoyer une photo moins stricte et plus légère que celles qu'il avait déjà. Après bien des atermoiements, des hésitations, c'est un joli cliché d'elle en maillot de bain sur la plage de Deauville qui lui parvint. Il n'en avait jamais imaginé autant... Le meilleur restait à venir entre eux, il en était persuadé à présent.

Ils devisèrent de longues heures ce soir-là au téléphone et même bien plus.

Il lui raconta combien il la trouvait belle et désirable, combien il souhaitait pouvoir l'étreindre, la caresser, partager son plaisir. Elle l'écoutait, chastement. Elle se laissait bercer par ses mots doux. Il parlait, l'enveloppait de paroles, chauffait ses sens aussi.

Il lui racontait par le menu toutes ces caresses insensées dont il couvrirait son corps. Toutes ces caresses interdites qu'elle ne connaissait pas encore. Celles qu'il décrivait si bien dans ses romans. Celles qui allumaient ses sens depuis des jours et des jours.

Sa voix se faisait caresse à son tour pour la séduire, pour échauffer ses sens. Elle l'écoutait, les lèvres humides, le souffle court. De petits gémissements lui échappaient à présent malgré elle.

L'abécédaire coquin....

L'abécédaire coquin....

L'abécédaire coquin....

C comme... Chloé.

L'abécédaire coquin….

L'abécédaire coquin....

5 heures du matin, le réveil sonne, longuement. Chloé se dégage doucement du corps de Jean-Pierre lové contre elle. Il grogne un peu, cherche à la ramener vers lui, mais elle lui murmure dans l'oreille qu'il est l'heure de se lever.
Elle tend le bras, éteint le réveil qui continue à résonner de plus en plus fort. Le calme se fait de nouveau dans la chambre. Elle contemple Jean-Pierre qui semble s'être rendormi. Dans un peu plus de deux heures, ils doivent être à l'aéroport, elle l'y accompagne. Il part pour plusieurs jours avec l'un de ses associés à New York.
Elle se penche vers lui, l'étreint dans ses bras en lui murmurant avec tendresse qu'il lui faut se lever. Pas de réponse. Il semble profondément rendormi. De sa main, elle effleure sa chevelure, glisse ses doigts au travers des boucles sombres. Puis elle s'égare sur sa nuque, caresse la peau de son dos si douce, si chaude… Un frisson la secoue voluptueusement. Sa main folâtre sur ce corps aimé qui, curieusement, lui semble bien trop sage. Elle doute un instant qu'il puisse vraiment avoir replongé dans le sommeil. Alors que ses doigts rencontrent le sexe

dressé de son amant, elle se retrouve basculée sur les oreillers, son corps à lui la dominant déjà de tout son ardent désir.

— Tu faisais semblant de dormir !

À peine a-t-elle le temps de prononcer ces mots que sa bouche bâillonnée par ses lèvres à lui, il prend possession de son corps lui arrachant un cri de surprise et de plaisir mêlés.

Sans un mot il la besogne alors avec fougue et ardeur, elle s'abandonne à ses assauts avec passion, son bassin allant à la rencontre des coups de boutoir de son amant qui mêlant son souffle au sien gémit et murmure son désir grandissant.

Écartelée, soumise, brûlante sous ce corps qui la possède elle n'est plus que vagues torrides de plaisirs qui se succèdent. Son souffle à lui se fait plus fort, plus rapide, leurs voix se mêlent, s'encouragent, leurs sexes fusionnent.

Quand enfin, au comble du désir il lui crie de jouir avec lui « *maintenant* » elle explose à son tour l'inondant de ses moiteurs tropicales, tandis qu'il lui offre sa précieuse semence qu'il expulse à longs jets incandescents. C'est dans un même cri de jouissance qu'ils s'étreignent, leurs deux corps soudés, pour finir dans une étreinte passionnée, une pluie de baisers ardents.

Après quelques minutes de répit, elle jette un regard discret sur le réveil et lui indique qu'il leur faut vraiment se lever à présent de crainte d'être en retard.

C'est à regret que Jean-Pierre finit par lui rendre sa liberté. Son désir est encore bien tenace, dans d'autres circonstances, ils auraient sans doute prolongé encore un peu leurs ébats amoureux, comme à leur habitude.

Ils filent ensuite ensemble sous la douche. Quelques baisers se perdent encore ici et là, quelques caresses aussi, mais l'heure tourne, Chloé s'échappe la première afin d'enfiler en toute hâte un jean, un chemisier, de brosser sa longue chevelure, plus de temps pour sacrifier à la coquetterie, c'est sans maquillage ni bijoux qu'elle partira. Après tout, cette petite récréation avant leur longue séparation le valait bien.

Jean-Pierre à son tour s'habille. Elle fuit dans la cuisine lui préparer un expresso afin de ne pas le mettre plus en retard et de ne pas risquer de succomber une fois encore à leur désir jamais assouvi.

Quelques minutes plus tard, ils prennent la route. À cette heure, l'A86 est dégagée, ils rejoignent bien vite Orly. Elle se gare sur un emplacement minute, Patrice est déjà là à faire les cent pas devant le terminal. Une dernière étreinte, un dernier baiser, des mots doux échangés, des « *je t'aime* » murmurés de part et d'autre, un « *je te téléphone dès que j'arrive* » et c'est le cœur lourd qu'elle voit son amour s'éloigner. Il se retourne plusieurs fois en lui faisant de grands signes et le bâtiment de verre et d'acier l'engloutit.

Chloé soupire, elle écrase quelques larmes, il lui manque déjà… tellement.

Elle reprend le chemin de leur appartement en quinze minutes à peine. Il est trop tôt pour se mettre au travail, elle n'est pas certaine de se rendormir si elle retourne se coucher. Elle se déshabille cependant et se couche dans les draps encore tièdes de leur étreinte matinale.

L'abécédaire coquin....

L'odeur de Jean-Pierre flotte entre les draps, mélange d'eau de parfum et de tabac. Elle se glisse à sa place, se recroqueville autour de son oreiller. Un manque viscéral de lui vrille son ventre. Un sanglot lui échappe. Et puis son téléphone portable vibre. Elle le saisit, c'est lui !!!
— Tu es bien rentrée mon amour ?
— Oui.
— Tu t'es recouchée ?
— Oui.
— Je te manque ?
— Oh oui !
— Toi aussi tu me manques déjà... j'ai encore envie de toi...
— Moi aussi...
— Caresse-toi !
— ??? Mais... tu es où là ?
— Dans les toilettes, le vol est un peu retardé.
— Je suis désolé d'avoir dû te laisser aussi rapidement ce matin bébé ! J'étais si bien avec toi... tu vas me manquer.
— ...
— J'ai envie de faire l'amour avec toi avant de prendre mon avion.
— Oui, mais tu es dans les toilettes... Si quelqu'un rentre...
— C'est toi qui vas parler ma chérie, c'est toi qui vas me guider. Je te répondrais pas oui ou non, comme ça si quelqu'un rentre, pas de souci, tu veux ???
— ...
— Mon ange, tu m'entends ?
— Oui.

L'abécédaire coquin….

— Vas-y, fais ça pour moi…
— Oui.
— Je suis dans notre lit, à ta place. Je suis toute nue.
— J'écarte mes cuisses et je glisse ma main sur ma chatte, entre les lèvres de ma chatte.
— Continue… C'est bien !
— J'humecte mes doigts, je me caresse, tu sais… comme tu aimes que je le fasse avec toi pour t'exciter.
— Oui.
— Avec mon autre main je caresse mes seins, j'écarte un peu plus mes cuisses pour toi mon amour. Tu me vois…
— Oui.
— Je caresse mon clito, de plus en plus fort tout en pinçant le bout de me seins, tu te caresses toi aussi ?
— Oui mon ange.
— Je suis tout humide, j'ai terriblement envie de toi, j'aimerais que tu sois là, avec moi. Sentir ta bouche, ta langue sur mon petit bouton qui s'affole. Je cambre mes reins de désir, tendue vers toi.
— Oh oui, continue comme ça, vas -y caresse toi bien, je t'écoute… Je ne vais plus pouvoir dire grand-chose, des pas approchent, continue ma belle…
— Je caresse mes cuisses, mes fesses, je reviens sur mon clito. J'ai pris le petit canard que tu m'as offert pour la St Valentin, celui qui vibre. Je caresse mon clito avec, waouh !!!!! C'est trop bon.
— …
— Dommage que tu ne sois pas là mon amour, tu adorerais me voir me caresser, tu craquerais. Imagine ma chatte tout excitée qui n'attend plus que toi, ta queue…
— Oui.

— Tu as envie de moi là hein, dis-le-moi ?
— Oui.
— Tu aimerais que je te suce là mon amour ?
— Oh oui !
— Tu sens ma bouche sur ta queue ?
— Oui.
— Je te suce mon amour et je me caresse en même temps.
— J'ai ta queue dans ma bouche comme tu aimes, et je te caresse aussi. Comme tu bandes mon cœur !
— …
— Caresse-toi plus fort… oui, comme ça ! Je le fais aussi. Tu aimes ça ?
— Oui.
— J'ai envie de toi, tellement… envie que tu me baises encore, plus fort, oui… comme ça.
— …
— Viens, baise-moi !!! Oui maintenant !!!
— Oui.
— Baise-moi plus fort, je vais jouir si tu continues comme ça…
— …
— Oui, encore, encore…
— Viens ma belle !
— Maintenant ?
— Oui, avec moi…
— Maintenant ?
— Ouiiiiii !!!!!!!!!
— …
— …
— C'était bon mon cœur ?

L'abécédaire coquin....

— Oh oui !!!
— Tu vas bien dormir dans l'avion.
— Je crois oui ma petite chérie.
— ...
— Je vais devoir te laisser... Je te rappelle dès que j'arrive.
— Oui.
— Je t'embrasse mon amour... Tu pleures ?
— Non.
— Si, tu pleures. Je le sens... Je rentre le plus vite possible. Tu sais bien que je ne peux pas rester longtemps loin de toi. Je t'aime bébé.
— Moi aussi je t'aime, à ce soir ? Oui.
— Je raccroche.
— Moi aussi.
Clic.
Clac.

***

L'abécédaire coquin….

L'abécédaire coquin....

L'abécédaire coquin....